1
2
3
4
5
6
7
8
9
10
11
12
13
14
15
16
17
18
19
20
21
22
23
24
25
26
27
28
29
30
31
32
33
34
35
36
37
38
39
40
41
42
43
44
45
46
47
48
49
50
51
52
53
54
55
56
57
58
59
60
61
62
63
64
65
66
67
68
69
70
71
72
73
74
75
76
77
78
79
80
81
82
83
84
85
87
88
89
90
91
92
93
94
95

Have a mystical day

1
2
3
4
5
6
7
8
9
10
11
12
13
14
15
16
17
18
19
20
21
22
23
24
25
26
27
28
29
30
31
32
33
34
35
36
37
38
39
40
41
42
43
44
45
46
47
48
49
50
51
52
53
54
55
56
57
58
59
60
61
62
63
64
65
66
67

SPARKLE ON!

1
2
3
4
5
6
7
8
9
10
11
12
13
14
15
16
17
18
19
20
21
22
23
24
25
26
27
28
29
30
31
32
33
34
35
36
37
38
39
40
41
42
43
44
45
46
47
48
49
50
51
52
53
54
55
56
57
58
59
60
61
62
63
64
65
66
67
68
69
70
71
72
73
74
75
76
76

Believe
in the
Power
of You

1
2
3
4
5
6
7
8
9
10
11
12
13
14
15
16
17
18
19
20
21
22
23
24
25
26
27
28
29
30
31
32
33
34
35
36
37
38
39
40
41
42
43
44
45
46
47
48
49
50
51
52
53
54
55
56
57
58
59
60
61
62
63
64
65
66
67
68
69
70
71
72
73
74
75
76
77
78
79
80
81
82
83
84
85
86
87
88
89
90
91
92
93
94
95
96
97
98
99
100
101
102
103
104
105
106
107
108
109
110
111
112
113
114
115
116
117
118
119
120
121
122
123
124
125
126
127
128
129

Kindness
Can
Change the
World!

1
2
3
4
5
6
7
8
9
10
11
12
13
14
15
16
17
18
19
20
21
22
23
24
25
26
27
28
29
30
31
32
33
34
35
36
37
38
39
40
41
42
43
44
45
46
47
48
49
50
51
52
53
54
55
56
57
58
59
60
61
62
63
64
65
66
67
68
69
70
71
72
73
74
75
76
77
78
79
80
81
82
83
84
85
86
87

DREAM
BIG

1
2
3
4
5
6
7
8
9
10
11
12
13
14
15
16
17
18
19
20
21
22
23
24
25
26
27
28
29
30
31
32
33
34
35
36
37
38
39
40
41
42
43
44
45
46
47
48
49
50
51
52
53
54
55
56
57
58
59
60
61
62
63
64
65
66
67
68
69
70
71
72
73
74
75
76
77
78
79
80
81
82
83
84
85
86
87
88
89
90
91
92

DREAMS
CAN
COME
TRUE

1 2 3 4 5 6 7 8 9 10 11 12 13 14 15 16 17 18 19 20 21 22 23 24 25 26 27 28 29 30 31 32 33 34 35 36 37 38 39 40 41 42 43 44 45 46 47 48 49 50 51 52 53 54 55 56 57 58 59 60 61 62 63 64 65 66 67 68 69 70 71 72 73 74 75 76 77 78 79 80 81 82 83 84 85 86 87 88 89 90 91 92 93 94 95 96 97 98 99 100 101

Everything is Possible

1
2
3
4
5
6
7
8
9
10
11
12
13
14
15
16
17
18
19
20
21
22
23
24
25
26
27
28
29
30
31
32
33
34
35
36
37
38
39
40
41
42
43
44
45
46
47
48
49
50
51
52
53
54
55
56
57
58
59
60
61
62
63
64
65
66
67
68
69
70
71
72
73
74
75
76
77
78
79
80
81
82
83
84
85
86
87
88
89
90
91
92
93
94
95
96
97
98
99
100
101
102
103
104
105
106
107
108
109
110
111
112
113
114
115

Reach for the Stars

1
2
3
4
5
6
7
8
9
10
11
12
13
14
15
16
17
18
19
20
21
22
23
24
25
26
27
28
29
30
31
32
33
34
35
36
37
38
39
40
41
42
43
44
45
46
47
48
49
50
51
52
53
54
55
56
57
58
59
60
61
62
63
64
65
66
67
68
69
70
71
72
73
74
75
76
77
78
79
80
81
82
83
84
85
86
87
88
89
90
91
92
93
94
95
96
97
98
99
100
101
102
103
104
105
106
107

you are magical

1 2 3 4 5 6 7 8 9 10 11 12 13 14 15 16 17 18 19 20 21 22 23 24 25 26 27 28 29 30 31 32 33 34 35 36 37 38 39 40 41 42 43 44 45 46 47 48 49 50 51 52 53 54 55 56 57 58 59 60 61 62 63 64 65 66 67 68 69 70 71 72 73 74 75 76 77 78 79 80 81 82 83 84 85 86 87 88 89 90 91 92 93 94 95 96 97 98 99 100 101 102 103 104 105 106 107 108 109 110 111 112 113 114 115 116 117 118

Love
yourself

1
2
3
4
5
6
7
8
9
10
11
12
13
14
15
16
17
18
19
20
21
22
23
24
25
26
27
28
29
30
31
32
33
34
35
36
37
38
39
40
41
42
43
44
45
46
47
48
49
50
51
52
53
54
55
56
57
58
59
60
61
62
63
64
65
66
67
68
69
70
71
72
73
74
75
76
77
78
79
80
81
82
83
84
85
86
87
88
89
90
91
92
93
94
95
96
97

SHOW OFF YOUR MAGIC

1 2 3 4 5 6 7 8 9 10 11 12 13 14 15 16 17 18 19 20 21 22 23 24 25 26 27 28 29 30 31 32 33 34 35 36 37 38 39 40 41 42 43 44 45 46 47 48 49 50 51 52 53 54 55 56 57 58 59 60 61 62 63 64 65 66 67 68 69 70 71 72 73 74 75 76 77 78 79 80 81 82 83 84 85 86 87 88 89 90 91 92 93 94 95 96 97 98 99 100 101 102 103 104 105

Be unique

67
77
9
2
1
8
75
33
76
16
10
34
78
74
4
6
3
70
13
14
15
73
68
27
72
22
47
11
12
5
69
32
71
48
23
7
36
20
18
29
79
37
49
43
50
17
21
30
35
25
31
54
24
45
26
58
38
46
41
42
40
28
19
44
57
39
63
64
53
55
59
52
60
51
66
83
82
84
61
56
85
80
95
62
81
93
86
91
94
92
65
87
88
89
90

1
3
10
9
38
42
34
59
11
5
2
8
4
40
14
15
7
6
13
20
19
12
37
22
21
36
33
27
16
35
18
31
30
41
43
28
17
48
24
23
25
39
49
32
44
26
29
47
55
50
46
57
54
60
65
45
56
51
53
52
61
62
67
58
63
66
64

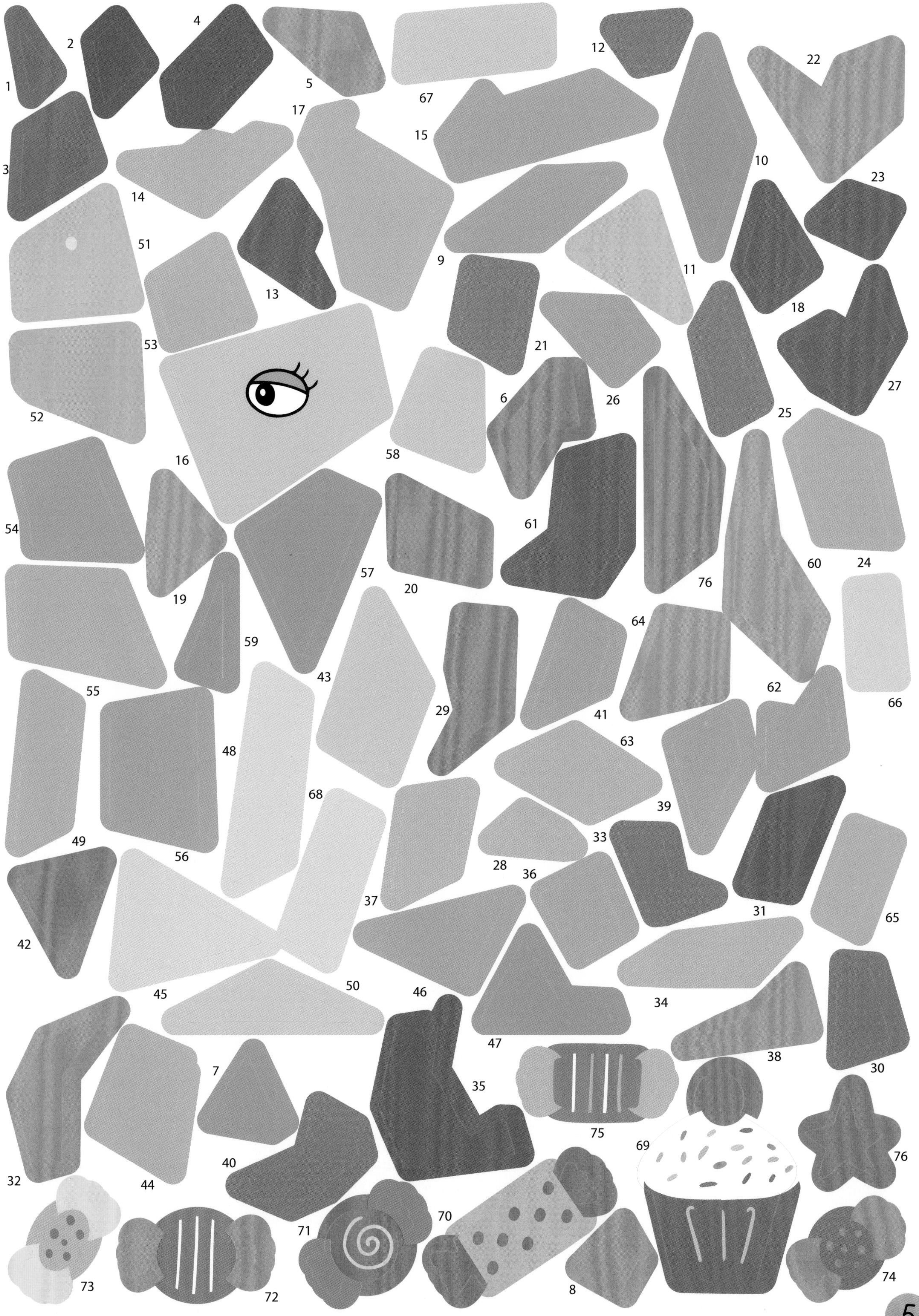
1
2
3
4
5
6
7
8
9
10
11
12
13
14
15
16
17
18
19
20
21
22
23
24
25
26
27
28
29
30
31
32
33
34
35
36
37
38
39
40
41
42
43
44
45
46
47
48
49
50
51
52
53
54
55
56
57
58
59
60
61
62
63
64
65
66
67
68
69
70
71
72
73
74
75
76
76

2
4
17
42
35
16
15
22
55
52
51
5
3
73
1
18
49
8
9
41
21
72
53
6
10
75
33
23
29
85
25
48
30
11
12
20
74
13
45
19
56
28
76
54
78
77
32
27
24
50
7
58
60
26
62
83
14
38
59
71
70
40
91
34
57
69
46
31
79
80
81
61
39
37
82
63
96
64
66
103
36
47
68
111
110
86
107
84
88
117
112
65
43
67
98
87
102
93
99
90
95
108
105
113
97
119
104
109
92
124
127
94
122
89
121
126
106
120
128
125
115
118
123
114
129
44
101
116
100

5
40
36
17
32
29
41
25
4
27
38
35
1
28
23
44
3
43
24
6
30
37
2
39
42
45
8
33
52
46
7
16
34
31
53
9
15
49
14
10
12
54
50
18
48
69
47
55
70
67
13
71
51
20
11
63
60
65
66
19
64
61
21
26
68
73
22
74
75
87
84
85
58
62
83
57
79
72
86
56
82
76
80
81
59
77
78

5
1
2
3
65
66
67
13
75
80
12
68
4
6
7
76
70
74
73
82
69
8
14
15
81
9
20
77
79
78
71
11
19
29
31
10
30
42
72
16
17
47
43
32
22
18
41
24
21
27
28
49
50
34
48
44
35
23
33
26
45
61
54
64
39
40
52
59
46
62
57
63
51
25
53
60
58
37
55
56
38
86
36
90
91
88
89
84
92
83
85
87

1
2
3
4
5
6
7
8
9
10
11
12
13
14
15
16
17
18
19
20
21
22
23
24
25
26
27
28
29
30
31
32
33
34
35
36
37
38
39
40
41
42
43
44
45
46
47
48
49
50
51
52
53
54
55
56
57
58
59
60
61
62
63
64
65
66
67
68
69
70
71
72
73
74
75
76
77
78
79
80
81
82
83
84
85
86
87
88
89
90
91
92
93
94
95
96
97
98
99
100
101

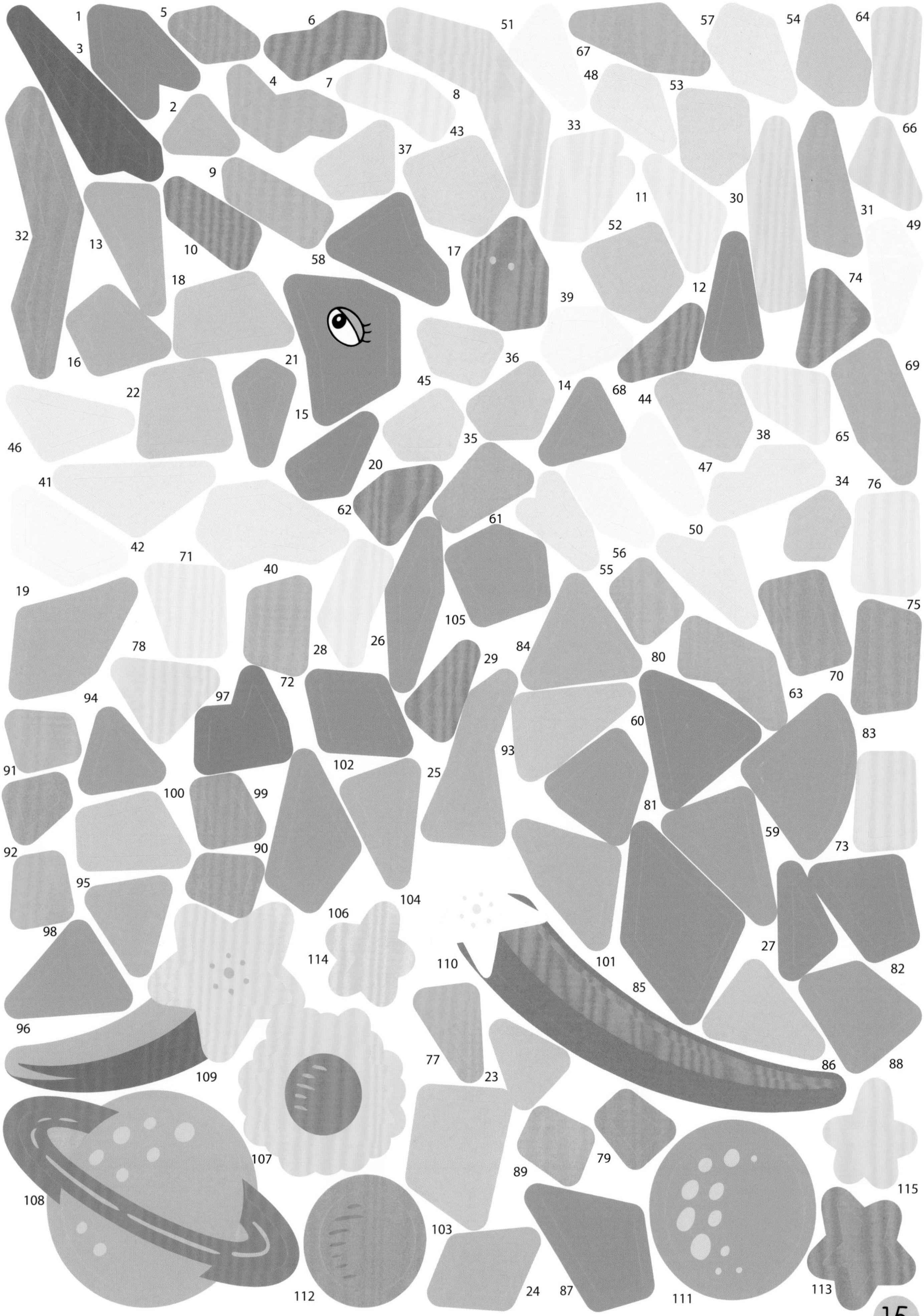
1
5
6
51
57
54
64
3
67
4
7
48
53
8
2
43
37
33
66
9
11
30
31
49
32
13
10
58
17
52
74
18
12
39
16
21
36
69
22
45
14
68
44
15
35
38
65
46
20
47
34
76
41
62
61
50
42
71
40
56
55
19
105
75
78
28
26
29
84
80
70
72
94
97
63
60
83
93
102
25
91
100
99
81
59
73
92
90
95
104
106
98
27
114
110
101
82
85
96
77
23
109
86
88
107
79
89
115
108
103
112
24
87
111
113

22
20
12
7
2
1
21
18
19
16
11
15
13
3
17
24
23
25
14
26
5
71
37
27
31
10
6
4
29
81
72
30
35
32
34
9
50
28
49
45
83
82
74
77
73
36
8
57
40
84
52
39
51
47
42
38
46
86
80
33
75
76
43
56
41
78
79
48
87
89
61
70
85
88
92
91
65
90
66
62
58
63
60
69
44
64
53
93
95
94
103
98
107
100
99
105
59
96
68
102
54
67
55
101
104
106
97

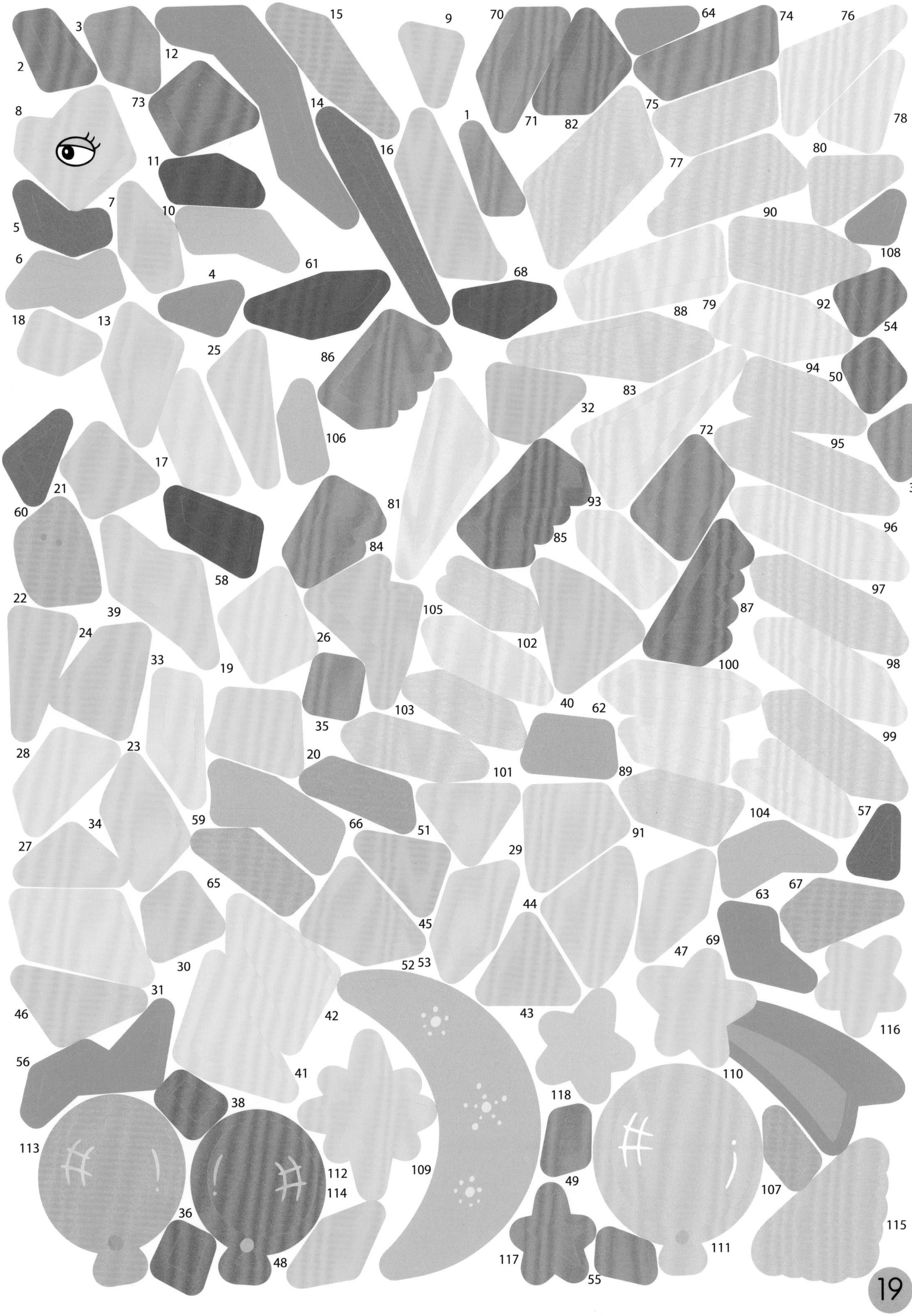
15
9
70
64
74
76
3
2
12
14
1
71
82
75
78
8
73
16
11
77
80
7
10
5
90
108
6
4
61
68
88
79
92
54
18
13
25
86
94
50
83
32
106
17
72
95
37
21
60
81
93
85
96
84
58
22
97
105
87
39
24
26
102
100
33
19
98
103
40
62
35
28
23
99
20
101
89
59
104
57
34
66
51
91
27
29
65
63
67
44
45
69
47
30
52
53
31
46
43
42
116
56
41
110
118
38
113
112
114
109
49
107
36
115
48
117
111
55

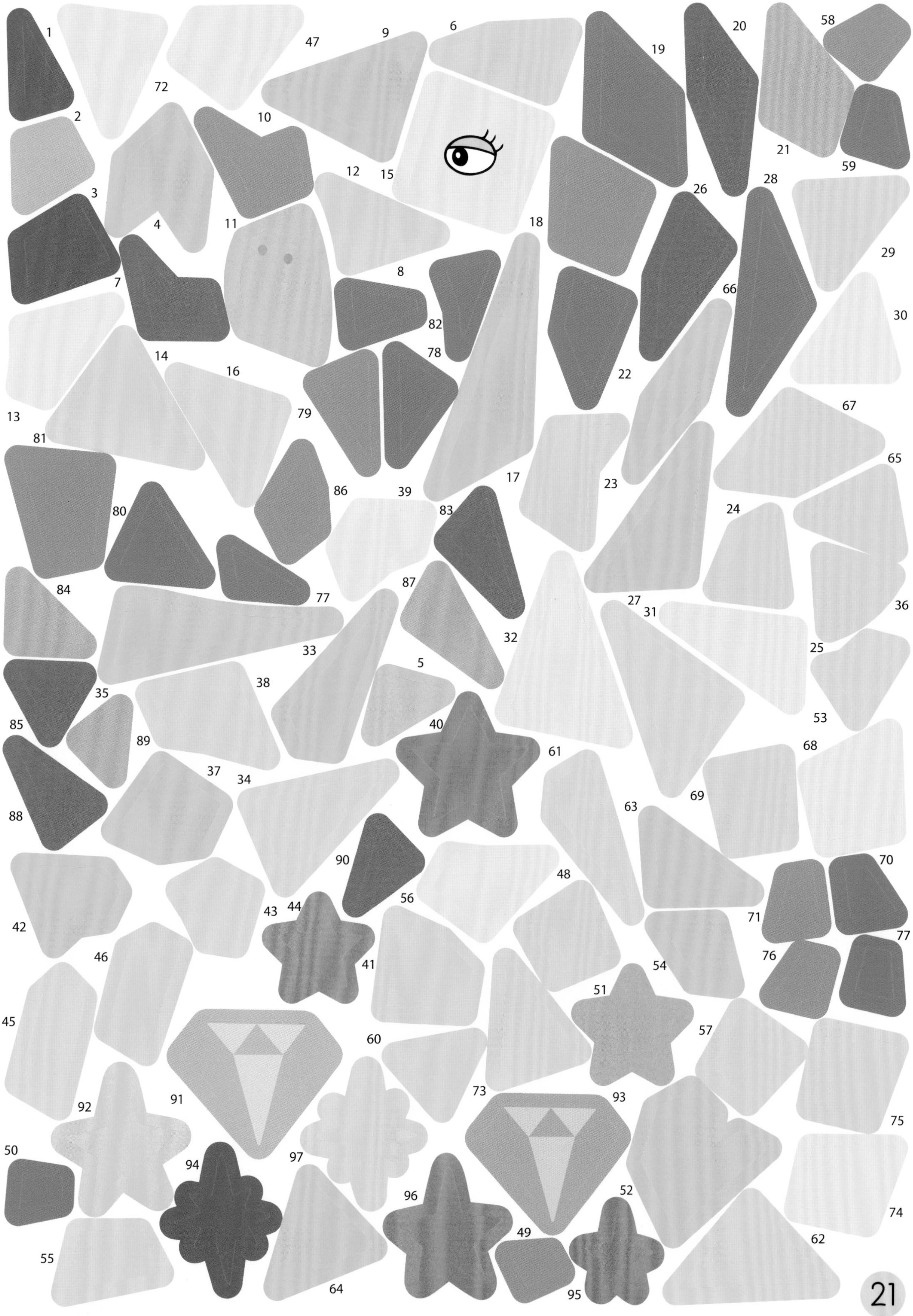
1
47
9
6
19
20
58
72
2
10
21
59
12
15
3
4
11
18
26
28
29
7
8
66
82
30
14
16
78
22
13
79
67
81
65
17
23
86
39
83
80
24
84
77
87
27
31
36
33
32
25
5
38
35
53
85
40
89
61
68
37
34
69
63
88
90
48
70
56
43
44
42
71
77
46
41
76
54
51
45
57
60
92
91
73
93
75
50
97
94
96
52
49
74
62
55
64
95

1
2
3
4
5
6
7
8
9
10
11
12
13
14
15
16
17
18
19
20
21
22
23
24
25
26
27
28
29
30
31
32
33
34
35
36
37
38
39
40
41
42
43
44
45
46
47
48
49
50
51
52
53
54
55
56
57
58
59
60
61
62
63
64
65
66
67
68
69
70
71
72
73
74
75
76
77
78
79
80
81
82
83
84
85
86
87
88
89
90
91
92
93
94
95
96
97
98
99
100
101
102
103
104
105